LES ANANIMOTS
GRIGRIS

DU MÊME AUTEUR

MONT ET DÉMONS
UBACS, 1993

L'ALBOUM DU FESTIVAL D'AVIGNON
LA LOUPIOTE, 1996

AU PAYS D'JBO
ÉDITIONS CLARISSE, 1999

DÉMONSTRATIONS
ÉDITIONS CLARISSE, 2001

Roland Shön

LES ANANIMOTS

GRIGRIS

éditions
THEATRALES

THEATRALES ‖ JEUNESSE

Des langages, des histoires, des délires,

cent façons de raconter le monde.

Des textes à lire, à dire, à écouter, à jouer

UNE COLLECTION DIRIGÉE PAR FRANÇOISE DU CHAXEL

La représentation des pièces de théâtre est soumise à l'autorisation de l'auteur ou de ses ayants droit. Avant le début des répétitions, une demande d'autorisation devra être déposée auprès de la SACD.

DANGER
LE PHOTOCOPILLAGE TUE LE LIVRE

Couverture : Temps d'Espace

38, rue du Faubourg-Saint-Jacques 75 014 Paris

ISBN : 2-84260-090-8

LES ANANIMOTS

Pourquoi ce titre, Les Ananimots, *qu'on ne trouve pas dans le dictionnaire ?*

C'est simple. Ces histoires, je les ai dédiées à une petite fille qui s'appelle Ana.

Ce sont des histoires d'animaux. Des animaux étranges, certes, qui ne vivent que dans les livres, entre les pages, minces comme des feuilles de papier. Pendant la journée ils restent immobiles, on ne les voit pas. Mais dès que la nuit tombe, ils se mettent à rôder dans les bibliothèques, à la recherche de nourriture. C'est à ce moment-là qu'on peut les observer.

Ces animaux se nourrissent de mots. Et les livres sont remplis de toutes sortes de mots pour tous les goûts de tous les ananimots.

Pour ces trois raisons, j'ai appelé ces bêtes ananimots. Bien sûr, je ne vais pas raconter les histoires de tous les ananimots. Ils sont trop nombreux. Il me faudrait écrire au moins cinquante trois gros livres de six mille quatre cent quarante-sept pages chacun. Je n'en finirais pas d'écrire pendant que dehors les nuages cabrioleraient autour du soleil et qu'il ferait si bon de se mettre à plat ventre dans le foin.

J'ai donc choisi de parler des cinq plus bizarres, plus biscornus ananimots : le camélion, le batrachien, l'hérissouris, la coqcinelle et la crocopuce.

Ce sont ceux que je connais le mieux, ils vivent dans ma bibliothèque, sur les étagères au-dessus de mon lit.

Voici donc cinq histoires d'ananimots, pour Ana, évidemment, et aussi pour tous les enfants qui n'ont peur ni des mots ni des animaux.

Pour les enfants, mais également pour les parents. Parce que ce sont eux qui, sans doute, liront ces histoires et les raconteront ensuite, à leur façon, à leurs enfants. Et puis aussi parce que je n'arrive pas à écrire de véritables histoires pour enfants. Véritables, c'est-à-dire semblables à celles que recommandent les professeurs spécialistes de la tête, celles qui parlent uniquement de choses compréhensibles par les enfants. Mes histoires, je dois le reconnaître, sont tordues, partent dans tous les sens, gambadent sur les pelouses, traversent en dehors des clous. Je le sais, mais je ne peux m'empêcher de continuer à les écrire de cette façon. C'est ainsi que je prends du plaisir à jouer avec les mots. Sinon pourquoi resterais-je assis des journées entières devant l'écran de mon ordinateur ?

Et puis je sais bien qu'ils ne sont pas bêtes, les enfants. Si les parents prennent le temps de leur expliquer pourquoi ils rient parfois en racontant mes histoires, les enfants comprendront eux aussi. Après tout, les parents, c'est fait pour ça !

1.

LE CAMÉLION

C'est un lion, un vrai lion, avec tous les accessoires qui font d'un lion un beau lion véritable.

D'abord la crinière en soleil autour de la tête, embroussaillée comme le jardin quand la tondeuse est en panne, et qui sent fort le cirque.

Ensuite la gueule grande ouverte où brillent de grands crocs blancs plus aiguisés que le couteau du boucher. C'est de là que sort souvent un rugissement utilisé pour faire démarrer les films, au cinéma. Mais le rugissement du camélion, lui, est silencieux, comme tous les cris des ananimots. Les mots, dans les livres, ne font aucun bruit.

Enfin, les griffes au bout de chaque patte. Tranchantes, recourbées, qui sortent lorsque le lion veut découper un dompteur ou faire peur aux photographes.

Le camélion est donc incontestablement un vrai beau lion. Mais pas un quelconque lion, un de ceux qu'on peut dessiner sur les boîtes de cirage ou mettre en sculpture au centre d'un rond-point. Il a des particularités de camélion.

Comme celle d'avoir deux bosses sur le dos, à la mode des chameaux. Il en est très fier. Elles ne lui servent pourtant à rien, puisqu'il ne traverse aucun désert, mais il trouve que ça lui donne un air intelligent. Et c'est un air indispensable quand on vit toute la journée dans les livres, comme le fait le camélion.

Comme aussi celle de changer de couleur quand il va pleuvoir. De blanc-drap il devient noir-four. Tous les ananimots sont blancs, d'un blanc encore plus propre que les draps de la voisine. Cela leur permet de se cacher sur les pages du début des livres, celles qui ne sont pas écrites. Mais quand il va pleuvoir, le camélion devient noir, encore plus noir que le four de chez Mario, la pizzeria. Pendant les averses, il est donc obligé d'aller se réfugier sur la photo d'une nuit sans étoiles ou sur celle du tunnel sous la Manche. Cette particularité du camélion est très utile pour les présentateurs qui doivent annoncer à la télévision le temps qu'il va faire dans les prochains jours.

Et aussi, bien d'autres particularités qui font du camélion un lion spécial. Elles sont très nombreuses mais je les trouve moins intéressantes. Et à vrai dire, je suis impatient de raconter comment se nourrissent les camélions. J'aime beaucoup savoir ce que mangent les gens ou les animaux !

Le camélion se nourrit, comme tous les autres ananimots, de ce qui est écrit dans les livres. Il a un grand appétit et de grandes dents, il chasse donc principalement les gros mots. Malheureusement, dans les livres, les gros mots sont rares. Les éditeurs évitent de les laisser entrer dans leurs volumes, surtout quand ils sont destinés à être utilisés en classe. Le camélion est alors obligé de se rabattre sur les mots très longs et incompréhensibles comme anticonstitutionnellement, octocoralliaire, parenchymateux, sphygmomanomètre, dodécaphoniste, épamprement, fluricole, kougelhopf, hétérocerque, wurtembergeois et bien d'autres monstres de ce genre.

Le camélion qui vit dans ma bibliothèque, et que j'appelle Mustafette, je ne sais pas pourquoi, a réussi un jour à attraper un énorme mot étranger, je crois même que c'est le plus long du monde :

sparyagnsaktiebolagskensmutsskjutarefackoreningspersońalblekladnasmagasinsforrradsforvaltarren. C'est un mot suédois qui veut tout simplement dire : le directeur du dépôt de la réserve d'uniformes du personnel du nettoiement de la rue de la compagnie de tramway. Mustafette a mis deux semaines pour le digérer et a même dû recracher le tsskjuta du milieu du mot, trop piquant pour son estomac.

On peut dire que le camélion est un ananimot très utile. Il débarrasse les livres de tous les mots barbelés qui font du mal à la bouche. Ce qui explique que les savants ne les aiment pas. Les camélions font des ravages dans leurs gros bouquins. Leurs pages se retrouvent pleines d'espaces vides, avec des trous blancs, comme le gruyère, à la place de tous les mots dévorés. Le seul moyen qu'ont trouvé les savants pour tenir les camélions à distance de leurs précieuses encyclopédies, est d'y mettre des batrachiens.

Car on peut dire que le camélion n'a peur de rien, sauf des batrachiens. Peur inexplicable. Le camélion est dix fois plus gros et fort que le batrachien. Et on n'a jamais vu un batrachien faire du mal à un camélion. Au contraire. Les batrachiens aimeraient beaucoup jouer avec les camélions, et en particulier grimper sur leurs bosses. Mais dès qu'un batrachien se met à courir en remuant gentiment la queue vers un camélion, ce dernier se lève, terrorisé, et galope se cacher dans le livre voisin.

J'ai moi aussi un batrachien dans ma bibliothèque. Je dois avouer que ça m'arrange, même si ce n'est pas très gentil pour Mustafette, mon camélion. Mais comment lui interdire d'aller traîner ses dents dans mon dictionnaire de gros mots ? Pour qu'il ne meure tout de même pas de faim, j'achète régulièrement chez un bouquiniste quelques kilos de livres de philosophie ou de psychologie. Il a ainsi une bonne provision de mots compliqués pour se caler l'estomac. Et mon dictionnaire de gros mots reste intact.

2.

LE BATRACHIEN

De tous les ananimots, il est le plus intelligent. Il sait parler, mais à voix très basse, presque inaudible, un chuchotement de moustique, pour ne pas troubler le silence de l'intérieur des livres. J'ai réussi à faire une interview de Glaé, mon batrachien. Je l'ai appelé Glaé car si il avait été une batrachienne, je l'aurais appelé Aglaé. Voici ce que m'a susurré Glaé dans mon magnétophone de poche.

« Allô ? Ça marche ? Tu m'entends ? Je dois parler dans le micro, c'est ça ? Sinon on n'entend plus rien ? D'accord ! Je peux commencer ? Bonjour ! Je m'appelle Glaé, le batrachien de l'auteur. Quoi ? Tu l'as déjà dit ? Bon ! Je continue. Je suis un batrachien, le seul ananimot qui parle. Quoi ? Ça aussi tu l'as déjà dit ? Alors qu'est ce que je dois dire ? Raconter ce que je mange ? Tout de suite ? Mais avant il y a peut-être autre chose à dire, non ?

Par exemple que les batrachiens n'ont pas de poils. Nous sommes chauves comme des tables. Notre peau est lisse et nue, brillante, de la vraie toile cirée. D'ailleurs nous sommes complètement imperméables. Ça nous permet de nager sans être trempés à l'intérieur et d'être très forts en natation. Il faut dire qu'en plus de notre peau sur laquelle l'eau glisse, et qui nous permet de filer dans l'eau comme des étoiles glissantes, nous avons des pattes palmées comme les hommes-grenouilles. Nous sommes incontestablement équipés pour être des champions de natation.

Malheureusement il n'y a pas d'eau dans les livres. Il ne pleut pratiquement jamais dans les bibliothèques, sauf lorsque l'aquarium du voisin du dessus se met à fuir. Conclusion : tous ces beaux perfectionnements olympiques ne nous servent à rien. Ils sont même gênants à certains moments. Par exemple, ce n'est vraiment pas facile de marcher avec des palmes. Déjà avec une seule paire, c'est du spectacle. Mais avec nos deux paires, ça devient du cinéma muet. Nous sommes donc obligés de courir très lentement, les pattes tournées en dehors, en faisant attention à soulever et poser en même temps les deux pattes du même côté. Je vais te montrer. Ce n'est vraiment pas facile…

Quoi ? Tu ne veux pas que je montre ? Je dois continuer à parler dans le micro. Bon, d'accord. Et parler de ce que je mange ? Mais non, pas encore ! Avant, je voudrais parler de la façon particulière qu'ont les batrachiens de remuer leur queue. Tous les chiens, Batra ou pas Batra, font ça, c'est connu. Mais nous, les batrachiens, dans ce domaine, nous sommes de véritables artistes. Nous ne nous contentons pas d'agiter bêtement notre queue, de droite à gauche, comme un essuie-glace. Nous, nous pouvons lui faire faire tout ce que nous voulons, la tordre dans tous les sens, une véritable liane. D'ailleurs nous discutons entre nous, en silence, grâce à notre queue. Nous lui faisons prendre la forme, au-dessus de notre tête, de la phrase que nous voulons dire, comme dans les bandes dessinées.

Quoi ? Il faut que je parle de ce que je mange ? Bon, d'accord, mais ne te mets pas en colère comme ça ! Voilà, voilà ! Vraiment, tu ne penses qu'à ça ! Les batrachiens, comme tous les ananimots, se nourrissent de mots. Quoi ? Tu l'as déjà dit ! D'accord ! D'accord ! Ne te fâche pas ! Mais nous, les batrachiens, sommes très gourmands. Nous nous régalons de mots doux, de ces délicieux mots doux que s'échangent les personnages roses des romans d'amour. Quand nous avons repéré dans un livre un dialogue particulièrement langoureux, nous nous approchons en rampant dans la marge, puis très rapidement nous déroulons notre langue, comme un serpentin, et nous gobons les mots les plus sucrés. Parfois nous en faisons de magnifiques pâtisseries que nous dégustons en écoutant un Héliconcoptère chanter.

Quoi ? Il faut que j'explique ? Expliquer quoi ? Ah ! l'Héliconcoptère ! C'est un insecte qui, en volant sur place, chante dans sa trompe en cuivre élargie vers le haut, des notes très basses et silencieuses. Ca va ? Je peux continuer ? Bon ! La meilleure de nos pâtisseries est le soufflé de « je t'aime ». En voici la recette, elle est très simple à réaliser. Vous prenez une douzaine de « je t'aime » bien fondants. Munissez-vous aussi de deux ou trois « pour toujours », d'un bouquet de « mon amour ». On commence par faire macérer les « je t'aime » dans un mélange de vinaigre et d'eau de vie. Pour enlever tout le sucre qui les entoure mais aussi pour vérifier que ce sont de véritables « je t'aime ». Les faux se dissolvent dans le mélange, ne résistent pas. Restent les vrais, les onctueux « je t'aime » qui ont mûri dans le soleil des cœurs... »

Les batrachiens parlent très doucement, c'est vrai, mais parlent aussi beaucoup, beaucoup trop. J'ai dû interrompre l'enregistrement de cette savoureuse recette.

Avant de quitter le batrachien, je voudrais tout de même vous dire ce qu'il ne dira jamais, tout bavard qu'il est. Le batrachien qui n'a peur de rien puisqu'il n'hésite pas à courir maladroitement mais gentiment vers les camélions bien plus musclés que lui, a pourtant une peur bleue de l'hérissouris. Et l'adjectif bleu est bien faible pour qualifier la terreur noire de ce malheureux devant la minuscule et pacifique rongeuse. On n'a jamais pu expliquer la raison de cette frousse monstrueuse. Car il faut voir comment un batrachien se met à trotter dès qu'il aperçoit le quart du bout de la queue d'une hérissouris. À ce moment-là il oublie totalement sa gêne à marcher, se dresse sur la pointe de ses palmes et comme une ballerine, se précipite à grandes enjambées dans les pages touffues de la collection complète des œuvres de Victor Hugo, des livres tranquilles que personne ne visite plus.

3.

L'HÉRISSOURIS

Il n'y a pourtant pas au monde d'ananimot plus poli et délicat que l'hérissouris. Elle est d'une distinction royale. Elle connaît sur le bout du museau toutes les règles de bienséance, tout ce qu'il faut faire ou ne pas faire dans toutes les circonstances.

C'est quand elle mange qu'elle est particulièrement distinguée. Alors que la plupart des ananimots dévorent leurs mots à plat ventre sur le sol et salement, avec leurs dents, l'hérissouris se restaure délicatement, installée devant une petite table sculptée dans une coquille de noix.

Elle seule sait qu'il ne faut pas s'essuyer la bouche avec la nappe ni avec le coin du tapis. Elle sait se servir de la pelle à sel. Elle ne se fait pas un shampooing dans le rince-doigt. Elle n'avale pas son verre à pied d'un seul coup, avec la bouteille et le tire-bouchon. Elle ne se sert pas de son couteau pour couper son assiette. Elle ne crache pas les noyaux de mots dans l'oreille des passants. Elle ne va pas déloger un morceau de voyelle coincée entre ses dents avec le pied de sa chaise. Bref, elle est parfaite.

Parfaite et parfaitement ennuyeuse. Si préoccupée à respecter les innombrables règles du savoir-vivre, elle ne sait plus comment vivre agréablement. Elle ne rit jamais. Elle trottine, soucieuse, entre les pages, essuyant derrière elle la trace de ses pas. Et parfois, dans des rêves dont elle a honte au réveil, elle s'imagine manger elle aussi à plat ventre, à pleines dents, comme les autres ananimots.

Elle n'a pas grand appétit. Les mots sont trop gros pour elle, indigestes. Elle se contente de grignoter du bout des dents, en levant avec grâce la petite griffe de sa patte droite, les e. Uniquement les e et préparés à la coque. Elle ne craint pas la famine car cette lettre est celle que les écrivains utilisent le plus souvent dans leurs mots.

Malgré cette abondance de e, l'installation d'une hérissouris dans un livre provoque, au bout de quelques mois, de véritables catastrophes. Comment lire un livre sans ses e ? Comment lire par exemple : tout j une Napol on tait tr s maigr t offici r d'artill rie, plus tard il d vint mp r ur, alors il prit du v ntre et b aucoup de pays ? Ou encore : Un tr s vi ux p rroqu t vint lui port r s s grain s de tourn sol t l sol il ntra dans sa prison d' nfant ? Tous mes livres de Prévert ont ainsi été privés de leurs e par Galimathias, l'hérissouris qui vit dans ma bibliothèque. Je l'ai appelée ainsi en souvenir du boa que j'avais recueilli chez moi pendant un hiver et qui ne se nourrissait que d'œufs, mais brouillés.

Le seul livre que Galimathias n'a pas rongé dans ma bibliothèque est celui qu'a écrit Georges Pérec : *La Disparition*. Il n'y a rien à manger pour elle dans ce livre. Ce drôle d'écrivain l'a écrit sans un seul e, il ne devait sans doute pas aimer les hérissouris.

Les ananimots aussi détestent la pauvre hérissouris. Elle est si ennuyeuse. Toujours à faire des leçons de bonne conduite. Il ne faut pas faire ci ! Il faut faire ça ! Il ne faut pas mettre son museau dans le plat ! Il faut se laver les griffes avant de manger ! Et comme les ananimots ne veulent rien entendre de ce qu'elle dit, l'hérissouris se met en colère et c'est terrible une hérissouris en colère. Ses poils se hérissent tout droits et bien raides, elle se met à ressembler à un buisson de cactus. Malheur à celui qui s'y pique! On comprend pourquoi les ananimots la fuient comme la peste. Et pourtant, elle pourrait les aider à mieux se conduire, ce sont de vrais cochons, il faut bien le dire. Elle pourrait leur donner des manières plus respectueuses de la littérature dans laquelle ils vivent.

L'hérissouris vit donc seule, et triste, convaincue que personne ne l'aime. Et elle a tort. Car un ananimot, un seul, l'adore, et voudrait devenir son amie. C'est la petite coqcinelle. Elle admire follement l'hérissouris. Elle la trouve fantastiquement bien élevée, elle admire ses gracieuses manières quand elle mord dans un e, ou quand elle s'essuie délicatement les moustaches dans un mouchoir en dentelle. La coqcinelle rêve d'apprendre elle aussi ces belles manières.

Mais voilà, c'est impossible. Parce que l'hérissouris a peur de la coqcinelle. L'hérissouris la trouve pourtant bien jolie, la minuscule coqcinelle. Absolument inoffensive. Mais c'est plus fort qu'elle, l'hérissouris a peur de la coqcinelle. Elle ne peut rien y faire et personne, pas même un de ces grands savants qui ont écrit tant de gros livres dont elle mange les e, n'a pu expliquer pourquoi elle se met à claquer des dents dès qu'une pauvre coqcinelle s'approche d'elle. La nature est bizarrement faite!

4.

LA COQCINELLE

C'est un de mes amis, grand explorateur, entomologiste célèbre parcourant les bibliothèques à la recherche d'ananimots inconnus, qui a découvert la coqcinelle. Il s'appelle Syphon Cormier. Voici comment il m'a raconté, dans une de ses lettres, sa première rencontre avec cette bête.

« *Nous marchions depuis plus de trois jours dans la salle 24 du 13e étage du fonds ancien de la Bibliothèque municipale de Enverville. Nous devions nous frayer avec peine un chemin entre les encyclopédies entassées en d'impressionnantes montagnes. Mes porteurs étaient épuisés aussi je décidai de faire une étape dans une petite clairière entre les éditions complètes des* annales de l'Académie du flou. *L'endroit n'était pas très grand mais il présentait l'avantage d'être plat et dégagé, ce qui nous permettait de nous allonger.*

De vivre dans ces épaisses ténèbres, en ne nous éclairant que de lampes de poche, nous avait fait perdre la notion de la succession du jour et de la nuit. Je prenais soin, fort heureusement, de remonter régulièrement ma montre et pus ainsi noter dans mon carnet de bord la succession exacte des jours. C'est grâce à cette précaution que je peux affirmer que c'est bien le 25 juillet à 4 h 17 que je constatai le premier signe de l'existence d'un ananimot inconnu, celui que j'ai plus tard dénommé coqcinelle.

Nous fûmes réveillés en sursaut par la sonnerie d'alarme de mon détecteur d'ultrasons. J'avais conçu cet appareil afin de détecter les cris des ananimots. Ces cris sont silencieux, vous le savez bien mon cher ami, parce que non perceptibles par nos oreilles. Leurs fréquences sont trop élevées pour être captées par notre appareil auditif. Mais mon détecteur réagissait par une sonnerie dès qu'il captait les ultrasons produits par le plus petit cri d'ananimot.

Le cri que détecta ce jour-là mon appareil était absolument monstrueux. Il faillit le détraquer par la puissance des ultrasons émis. Mes porteurs étaient terrifiés et je dus parlementer avec eux pendant plusieurs heures afin de les empêcher de rebrousser chemin. En conséquence, c'est avec beaucoup de précautions et fortement armés que nous recherchâmes dans les livres des alentours ce redoutable ananimot, à qui nous attribuions une taille aussi imposante que son cri.

Nous réussîmes à trouver des indices manifestant clairement sa présence dans les parages. Vous n'êtes pas sans ignorer, cher ami, que la meilleure façon de trouver un animal est de chercher en premier lieu à préciser de quoi il s'alimente afin de délimiter ses territoires de chasse. Il ne reste plus ensuite qu'à patiemment le guetter. Notre ananimot s'était en l'occurrence trahi par les traces de ses repas dans les volumes amoncelés autour de nous. Je ne vous apprendrai pas, cher ami, que les ananimots se nourrissent de tout ce qui est écrit dans les livres. Or précisément, dans aucun des livres autour de notre campement, on ne trouvait trace de la moindre virgule ou du moindre point.

Je m'expliquai, en un premier temps, cette particularité par l'hypothèse que ces livres avaient été écrits par un anti-ponctuationniste, un adepte de ce mouvement littéraire d'avant-garde qui, afin de punir le lecteur contemporain, jugé paresseux et conformiste, avait banni de son écriture toute ponctuation. Mais la date de parution de ces ouvrages, fort ancienne, ruina bien vite cette explication. Je dus me rendre à l'évidence que ces points et ces virgules avaient disparu tout simplement parce qu'ils avaient été mangés par un ananimot jusqu'alors inconnu. Car c'était la première fois que je rencontrais un ananimot se nourrissant d'éléments de ponctuation. En général ils sont plutôt friands de mots, voire de consonnes ou de voyelles. Et je dois avouer, cher ami, que j'étais étonné par la petitesse de ces aliments par rapport à la stature, que je croyais écrasante, de cet ananimot.

Nous nous mîmes donc à l'affût. Vous avez sans aucun doute appris, cher ami, que les ananimots partent chasser pendant la nuit. Le jour, ils se cachent dans les pages blanches des livres, absolument immobiles et invisible. Nous passâmes ainsi plusieurs nuits sans apercevoir la moindre ombre de notre mystérieux ananimot. Mais régulièrement, presque à la même heure, il nous tirait de notre somnolente attente par un cri, un unique cri. La régularité de ce cri était troublante. Ainsi je pus noter que le 26 juillet il eut lieu très exactement à 4 h 18. Le 27, à 4 h 19. Le 28, à 4 h 20. Le 29, à 4 h 21. J'eus l'idée de consulter le tableau des levers et couchers du soleil dans L'Almanach du facteur dont je me munis toujours dans mes explorations. Je réalisai *alors que l'heure à laquelle l'ananimot poussait son cri correspondait très exactement à celle du lever du soleil. Ainsi, cette créature, pourtant plongée dans l'obscurité la plus épaisse d'une bibliothèque, était capable de saluer par un unique et terrifiant cri, le lever du soleil !*

Cette constatation nous décida à n'exercer notre vigilance que pendant les moments précédant et suivant le cri. Mais malgré l'utilisation de matériel d'observation ultra-moderne tel que les jumelles à infrarouges analytiques qui permettent de voir clair dans les écrits les plus ésotériques, nous ne réussîmes pas à surprendre l'ananimot. Nous ne comprenions pas comment une bête aussi volumineuse pouvait échapper à notre surveillance.

Nous commencions à désespérer et à envisager de lever le camp, lorsque le plus dégourdi de mes porteurs, Cheng-Roroah, un indien de la tribu Que-Queno, nous fit remarquer, pendant qu'un nouveau cri faisait vibrer mon appareil, que sur la page sans aucune ponctuation sur laquelle nous avions fixé notre attention, venaient d'apparaître sept minuscules points. Nous dûmes nous rendre à l'évidence : la vue de cet indien s'était avérée plus perçante que toute notre optique sophistiquée ! »

C'est ainsi que mon ami Syphon Cormier découvrit la coqcinelle, un des plus petits ananimots. Car elle n'est pas absolument pas l'énorme bête qu'il imaginait. Elle est grande comme un petit pois et il faut les yeux pointus de Cheng-Roroah pour admirer ses minuscules élytres blanches habituellement décorées de sept points noirs, un pour chaque jour de la semaine.

La coqcinelle qui habite dans ma bibliothèque (que j'appelle Week-end parce qu'il ne lui reste que deux points noirs sur ses ailes) aurait beaucoup ri, si elle avait vu comment mon ami et ses porteurs étaient partis à la découverte de sa consœur, en tremblant et hérissés de fusils. Elle qui ne ferait pas de mal à une plume. Elle que les gros ananimots aiment accueillir sur leur dos pour leur porter bonheur. C'est d'ailleurs grâce à la coqcinelle que Syphon Cormier est maintenant devenu un homme très important, qu'il parle à l'Assemblée nationale, baptise des bateaux, donne son nom à des squares de banlieue.

La coqcinelle aurait donc pu être le plus heureux des ananimots, aimé de tous, fêté par tous. Mais la vie n'est jamais aussi simple et la sienne est gâchée par une seule chose : elle ne peut s'approcher de la crocopuce, elle en a trop peur. Ce qui met cette dernière au désespoir, elle aimerait aussi avoir ce bonheur que la coqcinelle amène à tous et même à ce bipède de Syphon Cormier. Pourquoi pas moi ? Pourquoi ? Et pourquoi as-tu peur de moi ? Pourquoi t'envoles-tu dès que je m'approche ? Je ne t'ai jamais fait de mal ! Je suis si petite à côté de toi ! Une poussière à côté d'un rocher ! Alors pourquoi ?

Mais la coqcinelle ne peut répondre. Elle ne comprend rien à cette peur qui la traverse, comme un éclair. Un éclair venu de loin, de ce ciel noir qu'on a au plus profond de nous, où se cachent les choses qu'on ne comprend pas.

5.

LA CROCOPUCE

Je dois avouer que j'ai eu beaucoup de mal à écrire cette histoire. La crocopuce est l'ananimot le plus dégoûtant. Elle n'y est pour rien, elle a été fabriquée ainsi, je ne peux pas lui en vouloir. Mais reste l'évidence que ce n'est pas agréable d'avoir à raconter comment elle vit.

La crocopuce qui fréquente ma bibliothèque est particulièrement exemplaire en matière de dégoûtation. Elle mérite bien le nom de Cradopue que je lui ai donné.

Il faut savoir que la crocopuce n'a pas de dents contrairement à ce qu'on pourrait imaginer en entendant pour la première fois son nom. On l'a appelée ainsi parce que sa peau ressemble à celle du crocodile, avec de grosses écailles dures. Mais la surface de cette peau est si minuscule qu'il est totalement impossible d'y tailler des sacs, des chaussures ou des valises. C'est une chance pour la crocopuce sinon elle aurait eu à ses trousses tous les chasseurs de frime de la terre.

N'ayant pas de dents, elle ne peut donc mordre ou mâcher, comme les autres ananimots. Elle se contente de sucer les mots, de les mâchouiller, de les gnognotter, de les bourbiller, de les schulrper salement avec ses gencives molles, en bavant sur les interlignes. On retrouve derrière elle des phrases entières décolorées, gluantes, qui collent à la page suivante. Sans compter les traces d'encre dans laquelle ses pattes ont traîné, et ses crottes alignées comme les rangées de pointillés entourant les pays, sur les cartes de géographie. Les ananimots font toujours leurs besoins dans la table des matières. C'est une règle qu'il respectent scrupuleusement même en cas de dérangement aigu. La crocopuce, elle, se fiche totalement de savoir où elle pose ses saletés. On a même l'impression qu'elle prend un malin plaisir à en décorer les textes les plus poétiques.

Tous les ananimots sans exception, même le répugnant Crapaud-Mufle, l'évitent. Mais la crocopuce n'a pas l'air d'en être attristée : ne l'intéresse que ce qui entre dans son trou de devant et sort de son trou de derrière. Les autres êtres vivants n'existent pas pour elle. Sa vie hermétiquement égoïste lui évite d'avoir à les rechercher ou à les craindre.

La crocopuce est de ce fait l'unique ananimot qui n'a peur d'aucun de ses semblables. Mais elle a tout de même sa peur, une peur permanente qui la fait sans cesse sauter en l'air, une peur aussi idiote que celles des autres ananimots. Car elle est terrorisée par son ombre, sa propre ombre. Et elle saute en l'air afin que son ombre s'éloigne vite du bout de ses pattes. Mais dès qu'elle retombe, et elle retombe toujours, elle ne sait pas voler, voilà l'ombre qui à nouveau se colle à ses pattes, et il lui faut à nouveau sauter...

Ainsi s'achèvent ces cinq histoires d'ananimots. En fin de compte, elles ne sont pas vraiment gaies ni pas vraiment tristes. Elles sont un peu comme nos vies à nous, les femmes et les hommes. Et comme nos histoires à nous, elles parlent de beaucoup de choses que nous n'arrivons pas à comprendre. Par exemple, pourquoi toujours ces peurs idiotes, sans aucune raison ? Il doit bien y avoir un moyen de les faire disparaître ces grandes frousses bleues ou même vertes. Ça ferait une belle histoire. Celle que j'aimerais pouvoir un jour raconter à Ana. Afin qu'elle puisse goûter à ce qu'on n'a jamais réussi à faire, nous, les adultes : vivre sans la peur des autres.

GRIGRIS

Visite commentée d'une collection de grigris
par Volter Notzing, explorateur.

ÉLIOT.– Mesdames et messieurs, un moment d'attention s'il vous plaît...

...

Monsieur Volter Notzing m'a chargé de vous souhaiter la bienvenue,

...

bienvenue !

...

et de vous remercier d'avoir répondu favorablement à son invitation,

...

merci !

...

Monsieur Volter Notzing ne va pas tarder,
Monsieur Notzing n'a pas l'habitude d'être tardif !
On pourrait même dire que monsieur Notzing est très exactement ponctuel.

...

En attendant qu'il le soit,
vous me permettrez de vous rappeler...

Monsieur Volter Notzing est un des plus grands explorateurs de ce siècle.
On pourrait même dire que c'est très certainement de l'ordre du possible !

...

Sa célébrité, il la doit à la découverte de ce pays mythique,
depuis si longtemps célébré par les poètes,
la Grande Garabagne.
...
« Comme j'entrais dans ce village,
je fus conduit par un bruit étrange vers une place pleine de monde au milieu de laquelle, sur une estrade... »
et cœtera, et cœtera... *« la Grande Garabagne ! »*
...
Mais il a aussi parcouru les steppes de l'Adzirie Interdite,
il a franchi le col d'Alzalonte, réputé inaccessible, qui mène à l'empire des Théouls,
il a été initié par Chrisangou dit Le Pataud à la divination sidérale,
il a remonté le fleuve Trang jusqu'à sa source minérale,
il a vécu pendant cinq années dans la jungle des Remplisseurs de Têtes sans en subir aucun dommage irréparable,
et cœtera et cœtera...
...
Car vous tous, mesdames et messieurs,
connaissez ces exploits et vous,
chère madame, *(en s'adressant à une spectatrice*

pour laquelle il a eu des attentions particulières) plus particulièrement.
Car madame Laristan, membre de l'Institut de Vesoul, a écrit plusieurs ouvrages décisifs sur les voyages de monsieur Volter Notzing.
Monsieur Volter Notzing sera très honoré par votre présence, madame,
merci !
...
Monsieur Volter Notzing va donc vous présenter ce soir les pièces les plus rares de sa célèbre collection de grigris.
...

Grigri ou
Gri-gri,
nom masculin et africain
désignant des amulettes, talismans,
et cœtera et cœtera,
que les sorciers noirs
ou griots
vendent pour porter bonheur, pour conjurer la maladie ou les mauvais sorts.
...
Pluriel :
des gris-gris
ou
des grigris.

...
Voilà !
C'est tout !
....
Mais,
ce que vous verrez ce soir,
aucun dictionnaire,
aucune encyclopédie ou autre réservoir de savoir n'en a parlé.
On pourrait même dire, n'a jamais pu en parler !

Car...
Qui a connu Bleebe, Bleebe le sorcier, le créateur des plus beaux grigris ou gris-gris des Traîne-Sables ?
Et qui a rencontré les Traîne-Sables, ce peuple errant depuis des siècles sur les plages de ce monde ?
Et qui a vécu avec ces tribus nomades entre terre et mer ?
Qui ?
Qui ?
Je ne vous le demande même pas, car vous ne pourriez me répondre sauf peut-être vous, madame, non ?
Vous voyez, même madame Laristan, membre de l'Institut de Vesoul, qui connaît tant de choses, reste muette devant ces questions.

On pourrait même dire que moi-même je suis dans l'incapacité d'y répondre, c'est de l'ordre du certain !
Car c'est monsieur Volter Notzing en personne qui se chargera de vous éclairer.
Et ponctuellement ! comme je vous l'avais annoncé !
Monsieur Volter Notzing !

(Entrée de Volter Notzing. Éliot lui présente madame Laristan.)

VOLTER NOTZING.– Je vous remercie madame pour toute cette peine.
Je n'ai pas lu vos livres.
Vous m'en excuserez.
Que m'auraient-ils appris de plus ?
C'est si simple, finalement...
Car, voyez-vous...
Tout ce que j'ai pu comprendre d'eux
est qu'ils naissent, vivent et meurent d'une façon incompréhensible,
comme nous.
....
Quand une de leurs femmes constate que pendant la nuit son ventre s'est arrondi,
elle va s'allonger sur le sable, à l'abri d'un rocher.
Elle attend.
Le septième jour l'enfant sort.

Et elle se remet aussitôt à marcher avec la tribu.
...
Car leur vie est courte.
Sept ans, très exactement...
Sept ans pendant lesquels il leur faut apprendre et aimer,
et désapprendre pour aimer encore,
et encore,
et cela sept fois en marchant le long des côtes capricieuses.
Des enfants qui vieillissent très vite,
sans passer par le purgatoire de l'âge adulte.
Une vie comme un éclair puis une mort en sept jours. Sept jours de chants et de danses pour brûler leurs dernières peurs.
On les enterre dans le sable d'une plage, les pieds tournés vers le large,
dans une petite boîte en bois munie de roues carrées, vous verrez, car ce dernier voyage sera immobile.
...
Sept jours pour naître,
sept ans pour vivre,
sept jours pour mourir,
très exactement.
Et cela depuis la nuit des temps.
Ils ont dû être créés par un dieu friand de vaines exactitudes, de symétries cruelles.

Un de ces dieux inutiles qui tuent leur ennui, voire leur ennemi, en réparant de vieux réveils, pour rendre service à leur voisinage.

...

Regarde autour de lui les bougies éclairant la pièce.

VOLTER NOTZING.– Elles viennent bien de chez Costieux, Éliot ?

ÉLIOT.– Bien sûr, monsieur !

VOLTER NOTZING.– Bien ! Certains les appellent les Traîne-Sables.
D'autres ne les appellent pas, ne savent comment nommer l'éphémère.
Ça leur fait peur, autant que de tracer des mots sur la buée d'une vitre.
Eux se désignent comme les Boîteux, les Boîteux !
Ils ne boitent pourtant pas, ils sont infatigables marcheurs.
Mais ils aiment les boîtes.

ÉLIOT.– Monsieur ? « *Hommes, femmes, enfants, dans le monde entier, aiment les boîtes. C'est un besoin de la planète ; un des lieux où se forme, se cache et ruse la destinée* ».

...

VOLTER NOTZING.– Supervielle !

ÉLIOT.- Leur plus grand poète !

VOLTER NOTZING.- Leurs sacs, leurs valises, leurs poches sont pleines de petites boîtes,
en bois, en fer, en os, en plastique,
des boîtes qu'ils se fabriquent à partir des débris semés par l'océan sur ses plages.
L'océan s'est toujours montré généreux pour eux,
comme pour tous ceux qui n'attendent rien.
Pour eux, il ronge le bois, le sculpte, le polit,
il tord et colore le fer,
blanchit l'os,
pétrit le plastique.
De tous les objets que les hommes impatients et insouciants jettent dans ses vagues,
l'océan façonne ses miettes de miracles,
ses pépites de hasard.
Ces trésors masqués ne brillent entre les galets que pour les yeux lavés par le vide, libres de toute cupidité.
Ils brillent pour eux, les Boîteux, l'océan s'est toujours montré généreux pour eux.
...
C'est dans ces boîtes que Bleebe a caché ses grigris.
Des grigris décisifs.
Des grigris qui donnent au monde ce blanc et ce noir que nous lui connaissons.
...

Bleebe !
Bleebe, c'était son nom.
Un gribouillis de nom.
Un bruit inquiétant, de l'eau qui se referme.
Quand il avait fallu le nommer, son père, ivre de joie, n'avait pu bredouiller que Bleebe ! au maire qui attendait, derrière son grand registre. Il avait même ajouté : Bleebe, avec deux e, comme papa ! *(rit)*
...

Regarde à nouveau autour de lui les bougies.

VOLTER NOTZING.– Ce sont bien des 120, Éliot ?

ÉLIOT.– Non monsieur ! Ce sont des 55 !

VOLTER NOTZING.– J'avais pourtant demandé des 120, non ?

ÉLIOT.– Oui monsieur, mais Costieux n'en fait plus depuis l'incendie de l'Opéra de Mar del Plata.

VOLTER NOTZING.– Ah ! Et les 55 vont suffire ?

ÉLIOT.– Je pense monsieur ! On pourrait même dire que si monsieur se modère, elles pourront servir pour une autre visite.

VOLTER NOTZING.– C'est par hasard que Bleebe devint sorcier, comme tous les sorciers honorables.

Il avait à peine deux heures de vie à son actif, qu'il découvrit en lui comme un grand vide pointu qui faisait des trous, sensation qu'il apprit plus tard à nommer faim.
Il eut alors une idée, sa première idée :
faire sortir de sa bouche une sorte de torrent de vibrations aussi tranchantes que possible, ce qu'il saura plus tard appeler cri.
Et aussitôt
et miraculeusement,
approcha de sa bouche désespérée
une grande sphère rose et chaude dont le sommet plus fermement coloré répandit en lui la paix blanche, celle qui comble les grands vides pointus.
...
Maintenant Bleebe pousse comme un eucalyptus, maigre et fiévreux.
Il regarde le monde de travers.
Il le trouve impoli et vicieux.
Il n'aime pas ses ongles noirs.
Ni cette façon qu'il a de jouer avec les continents, les mers, les pays, les vagues et les étoiles sans se soucier de lui, Bleebe,
Bleebe le sorcier,
le grand sorcier Bleebe.

Alors Bleebe se met à bricoler des grigris ou gri-gris. Des grigris qu'il ne vend pas, qu'il ne donne à

personne, puisque personne ne les lui a demandés. Et puis ils sont trop grands, bien trop lourds pour être portés autour du cou par un homme ou une femme.
Ils sont faits pour les géants,
pour les protéger d'immenses catastrophes, de cataclysmes à leur échelle.
Pour leur donner des forces montagneuses, des pouvoirs de baobabs.
Avec les grigris de Bleebe,
les géants danseront dans la colère des volcans,
péteront au nez des gratte-ciels,
s'empiffreront de pylônes électriques.
Rigolade d'acier !
Bamboula de béton !
Avec les grigris de Bleebe,
les géants vengeront Bleebe,
Bleebe et son squelette en mie de pain,
Bleebe et sa peau en papier crépon,
Bleebe et sa cervelle en pâte à tarte,
Bleebe et son coeur en vinaigrette,
Bleebe et sa queue en caramel mou !
Ils vengeront Bleebe, les géants, qui n'existent peut-être pas encore,
« ou alors plus tard, après mes sept ans,
ils les trouveront bien ces grigris que je fais pour eux, dans ces boîtes que je cache ça et là,
dans une falaise, au bout d'un quai, sous un phare,

ils les trouveront bien,
s'ils existent un jour,
les géants,»
se dit Bleebe en bricolant ses grigris.

ÉLIOT.– Mais les géants ? C'est possible ?

VOLTER NOTZING.– Bien sûr, normalement il faut dix nains pour la moitié d'un géant.

ÉLIOT.– Et des autres, des comme nous, combien en faut-il ?

VOLTER NOTZING.– Trente wagons pour un pouce de géant.

ÉLIOT.– Le pouce, mais le droit ou le gauche ?

VOLTER NOTZING.– Ça n'a pas d'importance. Ils sont géants des deux mains.

ÉLIOT.– Et toutes ces questions !

VOLTER NOTZING.– Mais oui ! Toutes celles dont son père harcèle Bleebe !
Car son père est furieux contre lui.
Il ne comprend pas pourquoi Bleebe trimballe toutes ces boîtes à grigris.
Bien trop grandes ces boîtes, trop lourdes.
« Les Boîteux n'ont jamais fait de boîtes aussi prétentieuses.

Une bonne boîte de Boîteux doit contenir dans une poche, et quand je dis poche, je dis poche, tu m'entends ? »
Tu traînes, tu retardes la tribu, nous n'arriverons jamais à temps pour la fête de l'Influx !

ÉLIOT.– Ah ! la fête de l'Influx !

VOLTER NOTZING.– Quelle merveille !

ÉLIOT.– Le vin des falaises de Jiffrée !

VOLTER NOTZING.– Et les courses de roulé-rocher !

ÉLIOT.– Les beignets réversibles !

VOLTER NOTZING.– Et la danse auriculaire, expliquez Éliot ! Expliquez !

ÉLIOT.– Les muscles auriculaires, peu développés chez l'homme continental ou marin, jouent, au contraire, un grand rôle chez les Traîne-Sables qui peuvent orienter à volonté le pavillon de l'oreille externe. Cette habileté à bouger leurs oreilles était remarquablement utilisée dans leur danse sacrée...

VOLTER NOTZING.– La danse auriculaire !

ÉLIOT.– Interprétée lors de l'ouverture des fêtes de l'Influx. Monsieur me permettra de rappeler ?

Merci ! Les muscles auriculaires sont au nombre de trois : le supérieur qui élève le pavillon de l'oreille, l'antérieur qui le porte en avant, le postérieur, qui le porte en arrière. Ce sont les muscles extrinsèques.

VOLTER NOTZING.– À l'extérieur !

ÉLIOT.– Mais il y a aussi les intrinsèques...

VOLTER NOTZING.– À l'intérieur !

ÉLIOT.– le muscle de l'hélix, du tragus, de l'anti-tragus...

VOLTER NOTZING.– Montrez, Éliot ! Montrez !

ÉLIOT.– Je regrette monsieur, cette danse est bien trop difficile. Par contre, celle de l'index, si vous le voulez bien... *(interprète la danse de l'index pendant que Volter Notzing poursuit)*

VOLTER NOTZING.– Les fêtes de l'Influx ont lieu chaque année sur les plages roses de la côte Polnode.
Elles se déroulent pendant toute la durée de l'Influx, cette période redoutable où l'océan sommeille, immobile, sans aucune vague, figé en un monumental bloc de liquide bleu.
Toutes les tribus Traîne-Sables doivent y participer.
Car ces fêtes sont capitales pour eux.
De leur réussite dépend la reprise du mouvement des marées,

l'alternance du flux et du reflux,
qui comme une horloge, leur seule horloge,
rythme les migrations des Traîne-Sables au long des côtes.
...
La première fois que Bleebe y assista,
le vin de Jiffrée était piqué,
les concurrents du roulé-rocher avaient raté leurs jetés,
les danseurs auriculaires avaient les oreillons, bref,
la fête vira à la catastrophe.
L'océan resta immobile.
Pendant un mois, trois mois, six mois, un an !
L'océan.
Immobile !
...

ÉLIOT.- Un jour, le père de Bleebe le regarde fabriquer une nouvelle boîte
pour de nouveaux grigris
destinés à d'hypothétiques géants.
La tristesse a cassé son orgueil, il ne peut plus s'asseoir sur ses mots.
Il dit à Bleebe.

VOLTER NOTZING.- « Mon fils, si tu te dis sorcier, alors sois-le.
Mais pas pour des géants.
S'ils existent, ils n'ont pas besoin de toi.

Sois sorcier pour nous, les Boîteux, les moins que nains.
Fais un grigri dans une de tes boîtes trop grandes.
Un grigri pour réveiller l'océan, pour le faire aller et venir, comme une horloge.
Et un autre grigri, plus fort encore, pour l'empêcher définitivement de dormir. »

...

Alors Bleebe fait ses premiers grigris pour les Traîne-Sables.
L'océan se réveille, étire son flot jusqu'au rivage, se remet à son travail d'horloger.
Et les Traîne-Sables se lèvent, endossent leurs sacs, empoignent leurs valises.
Le voyage recommence, le long des côtes.

...

Jamais plus l'océan ne s'est assoupi.
Chaque jour de l'année, il fait défiler ses vagues puis les rembobine, ponctuellement.
Et les Traîne-Sables continuent à fêter l'Influx, une vieille habitude.
Des fêtes plus légères, libérées de la crainte de l'inéluctable.
Des fêtes plus sages, ne sachant plus à qui vouer leur folie.

...

Regarde avec attention les spectateurs.

Éliot !
Vous ne les trouvez pas un peu jaunes ?

ÉLIOT.– Pardon, monsieur, je ne comprends pas !

VOLTER NOTZING.– La lumière, je la trouve plus jaune que d'habitude !

ÉLIOT.– Je n'ai pas l'impression, monsieur !

VOLTER NOTZING.– Ce sont les 55, j'en suis sûr ! Vous avez bien précisé que c'était pour moi !

ÉLIOT.– Bien sûr, monsieur ! Et c'est Costieux père en personne qui m'a reçu !

VOLTER NOTZING.– Mademoiselle Laura n'était pas là ?

ÉLIOT.– Non monsieur !

VOLTER NOTZING.– Ah !
…
Ce grigri, Bleebe l'a fabriqué pour faire le silence. Les Traîne-sables l'appelle un « piège à bruits de bouche ».
C'est un grigri qui se construit, en kit si vous préférez. Je viens de le recevoir. Je vais le découvrir en même temps que vous.
Les deux piliers de la sagesse…
L'horizontale du quotidien, ma première hypothèse, évidemment…

La verticale du désir... ça me semble évident...
Ah ! l'arc du destin sur lequel l'homme et la femme, et parfois, parfois, vous connaissez !
Le brouillamini des mots...
Et les yeux du futur... voilà !

Ce grigri...

ÉLIOT.– Non, monsieur, je vous en prie...

VOLTER NOTZING.– Du calme Éliot...

ÉLIOT.– Mais monsieur... *(conciliabule inaudible pour les visiteurs)*

VOLTER NOTZING.– Éliot est toujours inquiet quand nous passons devant ce grigri... Et il a raison... Ne craignez rien Éliot, je ne l'ouvrirai pas, vous le savez bien...
Car il ne faut pas ouvrir cette boîte. Le grigri qu'il contient, vous ne le verrez pas... personne ne peut le voir... ou alors...
Vous avez sans doute vécu vous aussi un de ces jours où le poids du monde se fait plus lourd sur les paupières, vous force à fermer les yeux, vous plonge dans le noir des pensées sans fond. Des jours sans mémoire, sans lendemains, où le présent se ratatine en instants terrifiants. Oui bien sûr, vous connaissez...
Bleebe, ce jour-là, découvrit ses démons, *el sueño de la razón produce monstruos.*

ÉLIOT.– Le sommeil de la raison produit des monstres, par ici, Mesdames et Messieurs…

VOLTER NOTZING.– Ils sont là… enfermés…enfin… Bleebe l'a cru… pas très longtemps… vous vous en doutez…

Mais cette boîte est là et personne jusqu'à présent n'a eu le coeur de l'ouvrir…

ÉLIOT.– Par ici, monsieur, s'il vous plaît !

VOLTER NOTZING.– D'ailleurs, ça nous avancerait à quoi de l'ouvrir ?

ÉLIOT.– À rien, monsieur, absolument à rien, par ici s'il vous plaît…

VOLTER NOTZING.– Nos démons ne nous suffisent-ils pas ?

ÉLIOT.– Bien sûr, monsieur, bien sûr, par ici…

VOLTER NOTZING.– Maintenant Bleebe, est jeune.
Il le croit, voluptueusement, cruellement.
Il découvre les hommes et les femmes qui marchent à ses côtés.
Les hommes, il les trouve transparents, voit la nuit à travers eux.
Les femmes, il ne les trouve pas.

Pas encore.
Plus tard.

ÉLIOT.– Plus tard !

VOLTER NOTZING.– Il la rencontre à la tombée du jour sur la jetée de Portobal.

ÉLIOT.– Elle regarde les mouettes flotter dans le vent

VOLTER NOTZING.– Donc il regarde lui aussi les mouettes.

ÉLIOT.– Il trouve ça intéressant.

VOLTER NOTZING.– Pourquoi pas ?

ÉLIOT.– On pourrait même dire qu'il trouve ça passionnant.

VOLTER NOTZING.– Il lui dit : « je trouve ça passionnant. »

ÉLIOT.– Elle ne peut pas dire le contraire. C'est vrai, c'est passionnant !

VOLTER NOTZING.– Donc ils continuent à se passionner pour les mouettes.

ÉLIOT.– Mais bientôt les mouettes s'en vont, comme toujours, quand le soleil se couche. Il leur faut donc se passionner pour autre chose.

VOLTER NOTZING.– Cette nuit fut pour eux blanche comme l'écume.
Ainsi que toutes celles qui suivirent.
Elles ouvrent les yeux de Beebe.
Jusqu'à présent... des mots qu'on ne découvre que quand on est amoureux,
jusqu'à présent... Bleebe ne s'était jamais rendu compte que la nuit succédait au jour, la nuit succédait au jour !
Cette évidence était si fortement évidente qu'elle en était invisible.
Mais maintenant,
sous les yeux de l'amour,
elle devient incontournable pour Bleebe.
Un mal qu'on ne découvre que quand on est amoureux !
Ainsi la nuit,
et ses musiques de chair,
la nuit devrait, comme un âne docile, suivre le jour ?
Suivre ces longues heures sous le soleil brutal,
si étrangère à cette femme dont Bleebe sait que le monde est plein ?
Des questions qu'on ne découvre que quand on est amoureux !
Alors Bleebe fait ce grigri.
Il remettra les heures dans le bon sens !
Désormais le jour succédera à la nuit, le jour succédera à la nuit

Le jour ne sera que la promesse d'une autre nuit.
La réalité marchera dans les pas du rêve, comme un petit chien.
Et cela jusqu'à la perte du temps.
Ainsi fait-on quand on est amoureux !
Et tout ça parce qu'elle regardait les mouettes flotter dans le vent. Il avait trouvé ça intéressant.

ÉLIOT.– Pourquoi pas ? C'est passionnant ! Et l'Möbius, monsieur !

VOLTER NOTZING.– Ah ! L'Möbius ! J'allais oublier l'Möbius. Connaissez vous l'Möbius, il a intrigué plus d'un mathématicien et philosophe ?

ÉLIOT.– On pourrait même dire qu'ils ne connaissent pas, monsieur !

VOLTER NOTZING.– Il va vous expliquer !

ÉLIOT.– L'Möbius ou Apiculus Möbius, de l'ordre des hyménoptères.
« Une abeille aberrante vivant dans de riches ruches », selon l'expression de Soeur Marie de la Sainte Conviction, elle espérait convertir les Traîne-Sables...

VOLTER NOTZING.– Et elle a fini ses jours épouse du grand chef Sestek...

ÉLIOT.– Euh ! L'Möbius, monsieur, s'il vous plaît !

VOLTER NOTZING.– Ces insectes expulsent de leur abdomen une sorte de ruban plat de parfois trente centimètres de long, fait d'un miel dur, semblable à de la pierre ambrée.
Les Traîne-Sables leur aménagent des ruches…

ÉLIOT.– Très richement décorées !

VOLTER NOTZING.– Dans des boîtes qu'ils transportent sur leur dos.
Car ils sont très friands de ce miel.
Mais ce qui donne à ces insectes une valeur inestimable aux yeux des Traîne-Sables,
ce sont les anneaux, les anneaux du Möbius.
La reine de ces insectes ne sécrète qu'un seul ruban de miel et meurt aussitôt, après en avoir avalé le bout libre.
Sa dépouille est ainsi prise dans un anneau de pierre.
Il suffit d'attendre qu'elle tombe en poussière et on obtient un bijou parfait,
sans aucune trace de jonction entre les deux bouts, et tordu de telle façon qu'en suivant du doigt ce ruban annulaire,
on passe indéfiniment d'une face à l'autre, sans s'en rendre compte,
un infini circulaire,
un vertige de pierre.

ÉLIOT.– C'est très simple, en cas de rotation, la surface devient exactement un ruban annulaire hélicoïdal qui sera non-orientable si le nombre des demi-tours impliqués est impair.

VOLTER NOTZING.– Euler m'a toujours ennuyé, vous le savez bien, Éliot ! Et il n'a jamais expliqué pourquoi une rose est belle.

ÉLIOT.– Mais, monsieur, pourquoi l'aurait-il fait ?

VOLTER NOTZING.– Pour emmerder les fleuristes !
Cette réponse vous satisfait-elle Éliot ?
Et vais-je pouvoir raconter comment les Traîne-Sables se battaient,
se battaient entre eux, comme des fauves,
pour ces anneaux que votre abruti d'Euler admirait tant ?
Raconter comment ils s'arrachaient les yeux,
se coupaient les bras,
s'ouvraient le ventre,
se réduisaient mutuellement en chair à saucisse
pour seulement pouvoir cacher dans une de leurs boîtes une, une seule de ces saloperies d'anneaux ?
…
Un jour son père dit à Bleebe à son tour devenu père :
« Mon fils, tu es un sorcier, un grand sorcier,
on le sait,

mais tu es aussi un homme,
et il te reste à le prouver.
Tu dois te battre,
avoir toi aussi tes anneaux.
Demain, nous partons en guerre.
La tribu de Sestek nous a volé trois de ces anneaux, pendant le dernier Influx.
Allons les leur reprendre. Ils sont à deux jours de marche, à la pointe du Riz. Tu viens avec nous ! »
...
Mais Bleebe ne veut quitter ni sa femme, ni sa fille, ni son fils, ni ses grigris.
Et Bleebe n'aime pas le sang sur les couteaux,
Bleebe n'aime pas les couteaux sur les gorges,
Bleebe n'aime pas les gorges sur le sable, ouvertes,
comme des porte-feuilles volés.
Alors voilà !
Dans la nuit même il fait ce grigri.
L'Möbius ! Un grigri dont le pouvoir transforme la pierre ambrée, le miel dur du Möbius, en miel ordinaire !

Et voilà !
Les anneaux, les précieux anneaux,
se mettent à couler dans les boîtes,
à couler comme le miel aime ordinairement le faire sur les tartines du matin !

ÉLIOT.– Et voilà, c'était l'Möbius !

VOLTER NOTZING.– Est-ce que vous sentez un parfum qui évoquerait une lande bretonne ? Non ? Éliot !

ÉLIOT.– Oui, monsieur !

VOLTER NOTZING.– Eux non plus ne sentent pas !

ÉLIOT.– Ne sentent pas quoi monsieur ?

VOLTER NOTZING.– La lande bretonne ! C'est ce que j'avais commandé, non ?

ÉLIOT.– Bien sûr monsieur ! Mais en 55 on ne peut avoir que le jardin d'hiver dans un palais italien.

VOLTER NOTZING.– Mademoiselle Laura le trouvait raté. Elle préférait la lande.

ÉLIOT.– Je sais bien, mais Mademoiselle Laura ne travaille plus chez Costieux !

VOLTER NOTZING.– Ce n'est pas possible !

ÉLIOT.– On pourrait même dire que c'est très certainement de l'ordre du certain !

VOLTER NOTZING.– Maintenant Bleebe est vieux.
Il le voit à ses mains en bois.
Il le sent au sable plus lourd sous ses chaussures,

et à cette douceur qui le prend, comme un violon, quand le vent du soir ne sait où se poser.

...

Bleebe fait ses derniers grigris.
Celui qui fait briller les phares quand la tempête noircit.
Celui qui fait sonner le téléphone au bout du quai solitude.
Celui qui fait clignoter les grandes lettres roses TOUT VA BIEN sur la façade d'un bar, quelque part, dans un port.
Celui qui fait sauter les étoiles au fond du verre vide.
Celui qui fait siffler l'harmonica dans la rue de la gare.
Celui qui fait pêcher des poissons sans arêtes.
Celui qui fait la neige éternelle.
Celui qui fait taire les horloges.
Celui qui fait bégayer le calcul.
Celui qui fait voir dans le noir du café.
Celui qui fait rire la note bleue.
Celui qui fait crier les yeux.
Celui qui fait tomber vers le haut.
Et celui...
Celui qui est le dernier.
Le dernier grigri de Bleebe.
Celui de ses sept derniers jours.
Le premier jour,
il regarde sa vie défiler à grands pas,

ÉLIOT.– Une armée inutile,

VOLTER NOTZING.– Déjà en retard.
Le deuxième jour,
il regarde ses mots tourner autour de lui,

ÉLIOT.– un grand bruit,

VOLTER NOTZING.– un concert parkinsonien.
Le troisième jour,

ÉLIOT.– il regarde les heures brûler en lui,

VOLTER NOTZING.– un oiseau qui vend ses ailes.

ÉLIOT.– Le quatrième jour, il regarde le silence,

VOLTER NOTZING.– une maison au bout du chemin.

ÉLIOT.– Le cinquième jour,
il regarde ses mains,

VOLTER NOTZING.– et il se trouve seul.

ÉLIOT.– Le sixième jour,
il regarde la nuit,

VOLTER NOTZING.– et il se trouve nu.

ÉLIOT.– Le septième jour,
il la regarde,
celle qu'il attend depuis si longtemps
et il la trouve belle
mais c'est trop tard !

ROLAND SHÖN

Roland Shön a écrit, mais aussi joué et mis en scène dans le cadre du Théâtre-en-ciel, compagnie qu'il a fondée en 1980, des spectacles et événements utilisant le théâtre d'ombres, les marionnettes et les objets, les mots et la musique, l'espace de la rue et de la ville.

CES DEUX TEXTES SONT DES HISTOIRES...

Je les ai écrites pour qu'elles soient racontées au théâtre, tout simplement, parce que le théâtre demeure cet espace mystérieux où des gens se rassemblent pour écouter d'autres gens leur raconter des histoires.

Ce sont des histoires réjouies, étonnées par l'immensité de la vie, son doux et terrible mystère. Elles peuvent parfois donner des forces pour porter autrement le poids du monde, transformer un kilo de plomb en un kilogramme de plume.

Infimes reflets dans l'infini chatoiement de la langue, elles attendent qu'une parole se saisisse d'elles pour faire de la réalité autre chose qu'un mur.

L'histoire des *ananimots*, je l'ai écrite pour une petite fille, Ana, dont je suis le grand-beau-père. Elle se préparait à naître. Une belle occupation qui lui prendra, je le lui souhaite, toutes ses années à vivre. Pour l'accueillir dans notre monde, celui que nous, pauvres humains, construisons avec des mots, je lui ai offert ce récit qu'elle entendrait et lirait plus tard, quelques petites années, un instant, le temps du passage d'un nuage devant la lune.

L'histoire de *Grigris*, elle, est née au bord d'une piscine, à la fin d'une nuit de fête, celle du mariage d'amis très chers. Je leur avais apporté comme cadeau un de mes « grigris », assemblages de bois flottés que, depuis des années, je m'amusais à bricoler et donner aux amis lors d'anniversaires, fêtes de Noël et autres réjouissances. Mais je n'avais jamais eu l'idée de les utiliser dans mes spectacles.

Cette nuit-là, les Traîne-Sables et Bleebe vinrent me hanter pour la première fois. Rentré chez moi, je me mis aussitôt au travail et quatre mois plus tard, nous donnions les premières représentations de *Grigris* dans un hangar de la gare de Dieppe.

Les histoires, inutile de les chercher. Ce sont toujours elles qui nous trouvent…

Roland Shön

Achevé d'imprimer en août 2001
sur les presses de Dumas-Titoulet Imprimeurs
à Saint-Étienne (42)
N° d'imprimeur : 36658 C

Composition et maquette : Temps d'Espace, Paris